Notre collection "Mes contes préférés" dans laquelle on retrouve les plus beaux contes de tous les temps, séduit chaque génération d'enfants.

Les plus jeunes aiment se faire lire ces merveilleuses histoires et les plus âgés abordent ainsi une lecture facile et passionnante.

L'édition originale de ce livre a paru sous le titre: *Snow White and the Seven Dwarfs* dans la collection "Well Loved Tales"

© LADYBIRD BOOKS LTD, 1980

ISBN 0-7214-1294-7
Dépôt légal: septembre 1989
Achevé d'imprimer en juillet/août 1989
par Ladybird Books Ltd, Loughborough, Leicestershire, Angleterre
Imprimé en Angleterre

Blanche Neige et les sept nains

Adapté pour une lecture facile
par VERA SOUTHGATE M A B Com
Illustré par MARTIN AITCHISON

Ladybird Books

Un jour d'hiver, alors que la neige tombait drue et silencieuse, une reine était assise à sa fenêtre et cousait. Sa fenêtre d'ébène noir, encadrant le spectacle de la campagne enneigée, lui faisait penser à un tableau.

La reine se piqua au doigt. Trois gouttes de sang tombèrent sur son ouvrage. Le rouge du sang et le blanc de la neige, encadrés par le bois noir de la fenêtre, étaient si beaux qu'elle pensa, "Oh! que j'aimerais avoir un enfant au teint aussi blanc que la neige, aux joues aussi rosées que le sang et aux cheveux aussi noirs que l'ébène!"

Peu de temps après, la reine mit au monde une fille à la peau blanche comme la neige, aux joues rouges comme le sang et aux cheveux noirs comme l'ébène. Elle l'appela Blanche Neige.

Hélas, la reine mourut peu de temps après sa naissance. Au bout d'un an, le roi se remaria.

La nouvelle reine était très belle. Mais elle était vaniteuse et ne pouvait souffrir qu'une autre la surpassât en beauté.

La reine avait un miroir magique. Elle s'y contemplait souvent et lui demandait à chaque fois,

"Miroir, miroir fidèle,

Suis-je toujours la plus belle?"

Et le miroir répondait toujours,

"Vous êtes, ô ma Reine, la plus belle!"

Et la reine était satisfaite, en entendant sa réponse car elle savait que le miroir ne pouvait pas mentir.

Blanche Neige, cependant, grandissait et devenait une jolie petite fille. A sept ans, elle était déjà plus belle que la reine avec ses joues roses et ses cheveux noirs sur sa peau blanche.

Il arriva qu'un jour, alors que la reine demandait à son miroir,

"Miroir, miroir fidèle,
Suis-je toujours la plus belle?"

celui-ci répondit,

"Vous êtes, ô ma Reine, la plus belle,
De toutes les femmes du royaume,
Mais je dois vous dire la vérité,
Blanche Neige vous a surpassée."

A ces mots, la reine devint furieuse et bouleversée. Elle regarda mieux Blanche Neige, et dut admettre qu'elle devenait de plus en plus belle. Et chaque jour, en regardant la petite fille, la fureur et la jalousie de la reine grandissaient.

Puis un jour arriva où la beauté de Blanche Neige ne laissa plus ni paix ni trêve à l'esprit torturé de la reine. Son cœur était envahi de haine. Elle fit alors appeler un de ses chasseurs et ordonna : ''Emmène l'enfant au plus profond de la forêt et tue-la, car je ne peux plus supporter sa vue!''

Le chasseur était obligé d'obéir. Prenant Blanche Neige par la main, il la conduisit dans la forêt. Lorsqu'il sortit son couteau pour la tuer, la pauvre enfant se mit à pleurer et le supplia de lui laisser la vie sauve. ''Ne me tue pas,'' implora-telle. ''Si tu m'épargnes, je m'enfoncerai au plus profond de la forêt, et n'essaierai jamais de revenir à la maison.''

Le chasseur, voyant couler les larmes sur un si jeune et beau visage, eut pitié. ''Sauve-toi, pauvre enfant,'' dit-il rengainant son couteau. ''Les bêtes sauvages auront tôt fait de la dévorer,'' pensa-t-il.

Blanche Neige se retrouva seule dans la forêt.
Elle se demandait où aller, et ce qui allait lui
arriver. Elle craignait de se faire attaquer par des
bêtes sauvages.

Elle courut longtemps, sur des cailloux pointus,
à travers des branches pleines d'épines. Elle
entendait gronder les bêtes sauvages. Certaines la
frôlaient mais ne lui faisaient aucun mal.

A la tombée de la nuit, ses pieds la faisaient souffrir, ses vêtements étaient déchirés, ses bras et ses jambes étaient couverts d'épines.

Elle allait s'écrouler de fatigue, quand elle arriva à une petite chaumière, au flanc d'une montagne. Elle frappa à la porte, mais personne ne répondit. Alors, elle ouvrit la porte, et entra pour se reposer.

Dans la chaumière, tout était minuscule, propre et bien rangé. Une nappe blanche recouvrait la table et le couvert était mis. Il y avait sept petites assiettes, sept petits couteaux, sept petites fourchettes et cuillères, et sept petits verres. Contre le mur, il y avait sept petits lits, recouverts d'un même couvre-lit blanc.

Blanche Neige avait faim et soif, mais elle n'osait pas manger le repas de quelqu'un. Elle prit alors un peu de nourriture dans chaque assiette et une goutte de vin dans chaque verre.

Mais Blanche Neige était très fatiguée et avait grande envie de dormir. Elle se coucha sur le premier petit lit, mais elle n'était pas à son aise. Elle essaya les autres petits lits, mais aucun ne convenait. L'un était trop court, l'autre trop long, ou trop dur, ou trop mou. Elle arriva alors au dernier, qui était juste à sa taille, et s'endormit alors profondément.

Quand la nuit fut tombée, les sept nains à qui appartenait la chaumière rentrèrent chez eux. Pendant la journée, ils creusaient la montagne pour trouver de l'or.

Arrivés à la chaumière, ils allumèrent chacun une bougie. A la lueur de leurs sept bougies, ils s'aperçurent que quelqu'un était entré pendant leur absence.

Le premier dit alors : "Qui s'est assis sur ma chaise?"

Le deuxième dit ensuite : "Qui a mangé dans mon assiette?"

Et le troisième : "Qui m'a pris un bout de pain?"

Et le quatrième : "Qui a goûté à mes légumes?"

Et le cinquième : "Qui s'est servi de mon couteau?"

Et le sixième : "Qui s'est servi de ma cuillère?"

Et le septième : "Qui a bu dans mon verre?"

Puis les nains constatèrent que tous leurs lits étaient défaits. Le premier dit en regardant le sien : "Qui s'est couché dans mon lit?"

Et chacun leur tour, ils dirent : "Qui s'est couché dans mon lit?"

Mais lorsque le septième petit nain arriva à son lit, il trouva Blanche Neige profondément endormie. "Regardez qui est dans mon lit!" cria-t-il aux autres qui accoururent.

Ils firent cercle autour du lit et levèrent leur bougie pour contempler Blanche Neige. ''Que cette enfant est jolie!'' s'exclamèrent-ils.

Craignant de réveiller la belle enfant, les nains s'éloignèrent sur la pointe des pieds et mangèrent leur repas en silence. Quand vint l'heure du coucher, le septième petit nain dormit une heure avec chacun de ses compagnons, et la nuit passa ainsi.

Le lendemain matin, lorsqu'elle s'éveilla, Blanche Neige eut très peur en voyant les sept nains. Mais ils lui parlèrent gentiment et lui demandèrent son nom. "Je m'appelle Blanche Neige," répondit-elle.

"Et comment es-tu arrivée jusqu'ici?" demandèrent-ils encore.

Elle leur raconta comment sa belle-mère l'avait envoyée dans la forêt avec un chasseur pour la tuer, et comment le chasseur lui avait laissé la vie sauve. ''Ensuite, j'ai couru longtemps dans la forêt,'' expliqua-t-elle, ''jusqu'à votre petite chaumière.'' En entendant sa triste histoire, les nains furent pris de compassion. Le plus âgé lui dit : ''Si tu veux bien t'occuper de notre maison, préparer les repas, laver et repriser nos vêtements, tu peux rester ici avec nous et nous te protègerons.''

"Que vous êtes gentils!" répondit Blanche Neige. "Je le ferai avec plaisir."

Cependant, avant de quitter la maison, les nains la mirent en garde. "Nous travaillons toute la journée dans la montagne, et tu vas rester seule dans la maison. Si ta belle-mère apprend que tu es là, elle risque de venir te faire du mal. Alors, surtout, ne laisse entrer personne lorsque nous ne sommes pas là." Blanche Neige leur promit de faire attention.

Elle vivait heureuse avec les nains. Tous les matins, les nains partaient creuser la montagne pour trouver de l'or. Le soir, lorsqu'ils rentraient à la maison, le dîner était prêt, et la maison propre et rangée. Bien que Blanche Neige restât seule toute la journée, elle ne ressentait pas la solitude car elle avait beaucoup à faire.

Pendant ce temps, la reine croyant Blanche Neige morte, se réjouissait à la pensée d'être redevenue la plus belle femme de tout le royaume. Un temps, elle en oublia même de poser la question habituelle au miroir magique.

Mais lorsqu'elle se retrouva face à lui pour demander,

"Miroir, miroir fidèle,
    Suis-je toujours la plus belle?"
elle n'en crût pas ses oreilles en l'entendant répondre,

"O ma Reine,
    Ma très belle Reine,
    Je dois te dire la vérité,
    Blanche Neige que tu voulais tuer,
    Habite maintenant dans les collines,
    Et cette enfant je te l'affirme,
    Te surpasse toujours en beauté."

La fureur de la reine fut grande. Elle comprit que son chasseur l'avait trompée, car son miroir ne pouvait mentir.

Tant qu'elle ne serait pas redevenue la plus belle, sa jalousie ne lui laisserait aucun repos. Elle décida donc de retrouver Blanche Neige et de la tuer elle-même. Mais que faire pour que Blanche Neige ne la reconnaisse pas? L'idée lui vint de se déguiser en vieille marchande ambulante passant de maison en maison vendre le contenu de son panier. Elle s'habilla de vieux vêtements, et se grima le visage. Personne ne pouvait désormais reconnaître la très belle reine.

Elle franchit ainsi la montagne et arriva à la maison des sept nains. Elle frappa à la porte et cria : "Lacets et rubans à vendre! Jolis lacets!"

Blanche Neige regarda par la fenêtre et se dit, "Cette pauvre femme ne peut me faire aucun mal."

Blanche Neige ouvrit la porte et la femme entra avec son panier. Blanche Neige choisit de jolis lacets roses pour son corset.

La vieille femme proposa à Blanche Neige de l'aider à attacher son corset avec les nouveaux lacets. Blanche Neige, qui ne se doutait de rien, accepta. La reine serra alors si fort, que la pauvre enfant perdit le souffle et tomba sur le sol comme morte.

Le soir, les nains rentrèrent chez eux, et furent bouleversés en découvrant leur chère Blanche Neige inerte sur le sol. Ils la soulevèrent délicatement, et la voyant si serrée dans son corset, coupèrent les nouveaux lacets. Elle se remit bientôt à respirer, et les couleurs lui revinrent aux joues.

Quand Blanche Neige leur raconta la visite de la marchande, ils comprirent qu'il s'agissait de la méchante belle-mère de Blanche Neige.

Les nains l'avertirent encore une fois : "Fais
très attention et ne laisse entrer personne dans la
maison."

La reine se hâta de rentrer. Elle était heureuse parce que, croyant Blanche Neige morte, elle était sûre maintenant d'être la plus belle.

Dès qu'elle fut arrivée, elle ôta son déguisement et s'assit devant son miroir pour lui demander,

"Miroir, miroir fidèle,

Suis-je toujours la plus belle?"

Imaginez sa rage lorsque le miroir répondit,

"O ma Reine,

Ma très belle Reine,

Je dois te dire la vérité,

Blanche Neige que tu voulais tuer,

Habite maintenant dans les collines,

Et cette enfant je te l'affirme,

Te surpasse toujours en beauté."

Alors, une fois encore la reine chercha comment tuer Blanche Neige. Elle empoisonna un peigne et se déguisa à nouveau en prenant les traits d'une autre vieille femme. Puis elle remplit son panier de nouvelles choses à vendre.

Elle retraversa la montagne et arriva à la maison des sept nains. Elle frappa à la porte et cria : "Bonne marchandise à vendre! Jolies choses à vendre!"

Blanche Neige se pencha à la fenêtre. "Je ne peux pas vous laisser entrer," dit-elle, "J'ai promis aux nains de n'ouvrir la porte à personne.

"Mais tu peux bien regarder!" répondit la reine, en lui montrant le joli peigne. Blanche Neige le trouva si beau qu'elle ne put résister, et ouvrit la porte à la marchande.

La vieille femme lui dit : "Je vais te coiffer joliment." Blanche Neige accepta et s'assit sur un tabouret. La reine enfonça alors le peigne si profondément dans la chevelure de Blanche Neige que le poison agit immédiatement. Blanche Neige tomba sur le sol, comme morte.

Heureusement, il faisait presque nuit, et les nains rentrèrent peu après. Lorqu'ils virent Blanche Neige étendue sur le sol, ils se doutèrent que sa belle-mère était revenue.

Ils retrouvèrent le peigne empoisonné, et l'otè-rent des cheveux de Blanche Neige, qui revint à elle, et leur raconta sa mésaventure.

Les nains une fois encore, la mirent en garde sérieusement contre la méchanceté de sa marâtre, et lui interdirent d'ouvrir lorsqu'ils n'étaient pas là.

Pendant ce temps,
la reine se hâtait vers son
château, murmurant à elle-même,
"Cette fois, je l'ai tuée!"

Rentrée chez elle, elle enleva son déguisement,
et demanda à son miroir,

"Miroir, miroir fidèle,
Suis-je toujours la plus belle?"

Comme la fois précédente, le miroir répondit,

"O ma Reine,

Ma très belle Reine,

Je dois te dire la vérité,

Blanche Neige que tu voulais tuer,

Habite maintenant dans les collines,

Et cette enfant je te l'affirme,

Te surpasse toujours en beauté."

A ces mots, la reine trépigna et frappa de rage sur son miroir. "Blanche Neige mourra," déclara-t-elle, même si cela doit me coûter la vie."

La reine savait qu'elle ne pourrait plus convaincre Blanche Neige de lui ouvrir la porte une troisième fois, aussi mit-elle au point une ruse astucieuse.

Elle prit une belle pomme qui avait un côté vert et un côté rouge. Cette pomme semblait si appétissante qu'on avait envie de la manger dès qu'on la voyait. Puis elle injecta du poison uniquement dans le coté rouge de la pomme.

La reine remplit alors son panier de pommes et se déguisa en paysanne. Pour la troisième fois, elle parcourut le chemin qui la menait à la maison des nains, et frappa à la porte.

"Je n'ai le droit d'ouvrir la porte à personne," cria Blanche Neige par la fenêtre.

"Cela n'a pas d'importance," répondit la paysanne. "Je voulais seulement te donner ces pommes. Tiens, prends-en une," dit-elle en tendant la pomme empoisonnée à Blanche Neige.

"Je ne peux pas accepter," répondit Blanche Neige en secouant la tête.

La paysanne rit de bon cœur. "As-tu peur que je t'empoisonne?" plaisanta-t-elle. "Regarde, je la coupe en deux, et nous mangerons chacune une moitié." Elle coupa la pomme et tendit la moitié rouge à Blanche Neige, tandis qu'elle mordait dans la moitié verte.

Blanche Neige avait bien envie de manger la moitié rouge de la pomme qui semblait si appétissante, et voyant la paysanne croquer à belles dents l'autre moitié de la pomme, elle se dit qu'elle ne risquait rien elle-même à en manger un morceau. Elle prit alors la moitié rouge et mordit dedans. A peine y eut-elle mis les dents, qu'elle tomba morte.

La reine poussa un horrible ricanement et dit : ''Cette fois, les nains ne te réveilleront pas.''

Puis, elle rentra à son palais, et demanda à son miroir,

"Miroir, miroir fidèle,

Suis-je toujours la plus belle?"

Le miroir tarda à répondre.

"Vous êtes, ô ma Reine, la plus belle."

Et la jalousie de la reine fut enfin apaisée.

Lorsque les nains rentrèrent chez eux le soir, ils trouvèrent Blanche Neige étendue sur le sol, sans

souffle. Ils espérèrent encore pouvoir la ressusciter. Ils délacèrent son corset, peignèrent ses cheveux et lavèrent son visage, mais rien n'y fit.

Les nains avaient le cœur brisé. Ils faisaient cercle autour d'elle en pleurant, et répétaient : "Notre belle Blanche Neige est morte!" Ils la veillèrent pendant trois jours et trois nuits.

Puis, ils se préparèrent à enterrer leur Blanche Neige bien-aimée. Mais ils ne pouvaient s'y résoudre, tant elle semblait vivante.

Ils la déposèrent alors dans un cercueil de verre, afin de pouvoir la regarder encore. Ils écrivirent sur l'un des côtés, en lettres d'or,

son nom, BLANCHE NEIGE, FILLE DU ROI. Ils transportèrent ensuite le cercueil tout en haut de la montagne. Puis, jour et nuit, l'un après l'autre, ils montèrent la garde auprès du cercueil.

Et Blanche Neige reposait là, comme si elle était toujours en vie, mais endormie, la peau blanche comme la neige, les joues rouges comme le sang, et les cheveux noirs comme l'ébène. Même les oiseaux venaient pleurer sur son cercueil.

Blanche Neige reposa ainsi de longues années dans son cercueil de verre. Elle était toujours aussi jolie et semblait seulement endormie.

Un jour, un prince qui passait par là vit le cercueil de verre au sommet de la montagne. Il ne pouvait détacher ses yeux de la belle jeune fille. Il la contempla longtemps et tomba amoureux d'elle.

"Donnez-moi le cercueil," demanda-t-il aux nains, "et je vous offrirai tout ce que vous voulez."

Mais les nains répondirent : "Pour tout l'or du monde, nous ne nous séparerons jamais de Blanche Neige."

Le prince implora alors : "Je ne peux plus vivre sans elle. Si vous me la confiez, je la chérirai toute ma vie."

Les nains eurent alors pitié du prince et lui laissèrent le cercueil.

En descendant le cercueil de la montagne, l'un des serviteurs du prince buta sur les racines d'un arbre. Le cercueil fut si secoué que le morceau de pomme, resté dans la gorge de Blanche Neige, fut expulsé. Elle ouvrit les yeux, souleva le couvercle du cercueil et se leva. "Où suis-je?" demanda-t-elle, étonnée.

Le prince fut fou de joie de la voir vivante. Il lui raconta tout ce qui s'était passé et comment il était tombé amoureux d'elle. ''Viens avec moi, dans le palais de mon père, et nous nous marierons,'' lui dit-il, et Blanche Neige accepta.

Elle dit adieu aux nains qui avaient été si gentils avec elle et l'avaient aimée si tendrement. Ils étaient tristes de la voir partir, mais contents de savoir qu'elle serait heureuse avec le prince.

Le mariage du prince et de la princesse fut splendide. La reine, la belle-mère de Blanche Neige avait également été invitée à la cérémonie. Lorsque la reine, vêtue de ses plus beaux atours, et prête à partir pour la fête, demanda à son miroir,

"Miroir, miroir fidèle,
   Suis-je toujours la plus belle?"

Le miroir répondit,
   "Vous êtes, ô ma Reine, très belle,
   Mais à la vérité,
   La jeune mariée,
   Est mille fois plus belle."

A ces mots, la reine fut tellement furieuse, qu'elle décida tout d'abord de ne pas assister au mariage.

Mais elle était curieuse de voir cette jeune nouvelle reine. Elle y alla donc, et reconnut Blanche Neige. Sa rage fut si grande qu'elle en perdit la tête et dut être reconduite chez elle, où elle mourut peu de temps après.